Hello My Flower
안녕 나의 꽃

이따금 슬퍼지는 사람과
우울한 감정을 즐기는 사람,
우리는 애초에 그렇게 태어났다.

나의 사랑이 당신의 사랑과 다를 리 없고,
나의 이별이 당신의 이별보다 특별할 것도 없기에,
어쩌면 이것은 우리의 이야기일지도 모릅니다.

2024년 4월
홍정우

안녕? 나의 꽃

1

여름에 태어난 당신의 따스함이 좋았어.
겨울에 태어난 나의 추위를 녹여주는 당신의 따스함이.

하고 싶은 말이 목 끝까지 차올라
숨도 제대로 쉬기 어려울 지경인데,
어떻게 풀어내야 할지를 몰라 한참을 생각했어.

분위기에 취해 순간의 감정으로 내뱉어 버릴까 봐,
아끼고 아끼느라 정작 너에게 하지 못한 말이 있는데

이 말 한마디에 내 마음을 담기엔 턱없이 부족하지만,
이 말 한마디 밖에 내 마음을 표현할 길이 없어서,

"어쩌다 보니 이렇게 돼버렸어, 사랑해."

너의 삶에 내가 조금이라도 스며들었으면 좋겠다.
그렇게 서서히 번져 널 흔들고 싶어.

내가 네 세상을 단 한 번이라도 흔들어 봤으면 좋겠어.

2

마음이 마음에게 날아가
마음과 마음이 꼭 포개어진다면,

일말의 이질감도 없이
두 마음이 하나로 포개어져 꼭 들어맞는다면,

그처럼 찬란한 일이 또 어디 있을까?
이처럼 아름다운 일이 또 어디 있을까?

3

날씨가 정말 아름다워요. 꼭 당신처럼 말이에요.
하늘을 한 번 올려 다 봤어요. 지금 당신의 하늘은 어떤
가요? 내가 보는 하늘과 같은 모습인가요? 잠을 푹 잤
더니 개운하네요. 당신의 잠자리도 편안했나요? 물어보
고 싶은 것, 궁금한 것, 투성이지만 그럴 수 없음에 가
슴에 약간의 뻐근함을 느껴요. 언젠가 같이 볼 하늘을
상상하며 나는 오늘도 살아갈 거에요. 그때까지 부디 잘
지내길 바라요. 저는 여전하고 여전히 당신을 바라요.

사랑을 뭐라고 설명할 순 없지만,
아마 나는 지금 사랑에 빠진 것 같습니다.

간밤에 당신의 잠자리를 묻는 것,
매 끼마다 당신의 끼니를 묻고,
시간과 시간 사이에 당신의 안부를 묻는 것,
그리고 일상의 끝자락에 당신의 하루를 듣는 것.

만약 이 감정이 사랑이 아니라면,
도대체 무엇이 사랑인지 설명해 줄 수 있나요?

4

누군갈 좋아하게 되면 나는 내가 아니게 된다.

감정이 과잉되어 관계를 망치는가 하면, 감정이 부족해서 관계를 메마르게 하기도 했다. 적당한 거리가 중요한데 그 적정선을 찾는 게 참 어렵다. 마음은 늘 앞서거나 뒤처지거나 둘 중 하나였다.

낯설고 익숙지 않은 감정이야. 그래서 매우 어리숙하고 서툰 것 투성이라 마음을 주는 게 쉽지만은 않아. 지금 내가 할 수 있는 건 날뛰는 마음을 진정시키는 것, 빠르게 커지는 마음을 조금은 붙잡아 두는 것, 그리고 네 앞에서 최대한 담백하게 꺼내 보이는 것.

간절해야 간절함이 묻어난다, 애타게 간절해야.

따로 흐르던 너와 나의 시간이 만나 하나가 되어, 각자의 시간이 아닌 우리의 시간이 되어 흐르는, 나의 생에 침범하여 너의 생에 스며드는 그 시간들이 우리의 가장 빛나는 계절이 되길.

네게 당연한 모든 것 중에,
내가 가장 당연한 것 이길.

되돌아갈 곳 따윈 남겨두지 않았다.

5

낯을 많이 가리는 너이기에,

낯을 많이 가리는 내가 다가가기로 했다.

날 낯설어하는 당신과 그런 당신을 사랑하고 있는 나.

6

사그라져 버릴 애틋한 마음일 거라, 흘러가는 마음일 거라, 흘러가는 마음이려니, 굳이 붙잡아 두려 하지 않았습니다.

여전히 제자릴 맴돌고 있는 어리숙한 마음이라 이러지도 저러지도 못하고, 여기서 애만 태우나 봅니다.

우리 사이가 별만치 먼 것만 같습니다.
당신은 여전히 빛나고, 난 그런 당신을 바라만 보고 있습니다.

"지금도 눈부셔서 다가갈 수 없는데 더이상 반짝이지 말아줘"

마음 한 켠이 기지개를 켜고 일어나고 있습니다.

7

어둠이 드리우고 새벽이 찾아오면
그대 나를 찾으실까 봐,
나 여기 있다고 그대만 기다리고 있었다고.

빛이 드리우고 아침이 밝아오면
그대 나를 떠나실까 봐,
나 여기 있다고 그대만 바라보고 있다고.

지금 그대의 맘 알 길이 없어 나는 늘 불안합니다.
그럼에도 멈출 수가 없음이 행복하기도, 가끔 서글프기
도 합니다.

지금 그대의 맘 확인할 길이 없어 나는 늘 답답합니다.
그럼에도 멈출 수가 없음은, 이미 그대가 나의 마음에
떡하니 자리를 잡고 버티시기 때문입니다.

8

살아갈 이유를 주심에 감사드리지만,
답을 찾기가 너무 어렵습니다.
어찌해야 할까요.

하늘에 빌었다.
이번만 도와달라고,
그만큼 간절했다, 나에게 너는.

당신이 아니라면, 그냥 이렇게
혼자 늙어 가는 것이 더 낫겠다는 생각을 했다.

눈물로 기도하는 밤이 늘었고,
어쩌지 못하는 어쩔 수 없음을
인정하지 못하는 밤이 늘었다.

네가 없는 내 삶이 어떻게 흘러갈지,
나는 너무나도 명확하게 잘 알고 있다.

나는 너의 어디쯤 있는 걸까….

9

잔잔하게 스며드는 것과 한순간 빠져드는 것의 차이,
어차피 잠기는 건 매한가지.

감당할 수 없을 만큼 무언가가 내게 쏟아져 내릴 땐,
그저 가만히 숨을 참고 가라앉을 수밖에.

밝은 듯했지만 어두웠고, 늘 이별을 입에 담고 살았지만
진실된 사랑을 꿈꾸던, 눈물이 많은 울보였지만 넌 언제
어디서나 당당했지.

난 그런 그 사람이 좋았어.
그 사람을 보고 있으면
나도 좋은 사람이 되고 싶었거든.

그대의 차가움을 사랑해.
그대의 변덕스러움을 사랑해.
그대의 우울과 어둠도 사랑해.

당신의 따스함을 알고,
당신의 호기심도 알며,

당신의 아픔과 눈물을 내가 알아.
그래서 그대의 전부를 사랑해.

내가 당신의 숨을 사랑해.

누구에게도 주지 못할 마음이라 생각했는데,
너에게만 줄 수 있는 마음이었나 보다.

몸의 온도가 1도쯤 올라간 것만 같아.

10

눈을 감으면 보였다가 눈을 뜨면 사라지는,
당신은 참 이상한 사람입니다.

그런 당신을 놓지도 잡지도 못하는,
나도 참 이상한 사람입니다.

나는 아직도 사랑에 대해 잘 모르지만,
당신을 생각하며 쌓이는 이 감정들이
사랑에 매우 가깝다는 것쯤은 알고 있습니다.

다행스러운 일이지만, 말이 마음을 따라가지 못해
위태로운 밤이기도 합니다.

같은 생각이 온종일 머릿속에서 떠나질 않습니다.
"보고 싶다"라고 주문처럼 되뇌다 보면 언젠가 다시
만날 날이 올까요?

스며든 사랑이 빠져나가지 못해,
다행이면서도 위태로운 밤입니다.

11

사랑에 빠지면 눈빛에 취한다.

그녀의 숨소리에도 취하고,

작은 손짓에도 취한다.

그래서 사랑에 빠지면 항상 몽롱하다.

12

너의 눈에서 내가 피어났고,
너의 입에서 우리가 탄생했다.

너의 두 입술 사이를 지나쳐 나오는
모든 말들을 나는 사랑했다.

맞닿은 입술이 포개지는 순간,
비로소 나는 네 세계의 문을 연다.

너와 함께일 때면 나의 시간은 가속도가 붙는다.
마치 전력 질주라도 하듯.

사랑하니까 생각이 나고, 생각이 나니까 보고 싶었다.
빈틈없이 완벽하다 느낀 하루의 끝엔 꼭 네가 곁에 있
었다. 사소한 너의 작은 것들까지도 나에겐 위로고 사랑
이었다. 하루가 비스듬히 기우는 시간, 그리고 오늘과
서서히 멀어질 시간, 우리는 어제보다 더 가까워진다.

안녕? 나의 꽃.

13

빠르게 가는 분침과 느리게 가는 시침.

서로의 속도가 달라 엇갈림 속에 있다 해도,
하루에 두 번은 마주친다. 그렇게 하나가 된다.

시선을 빼앗겨 마음이 움직인 걸까,
마음이 움직여 시선을 빼앗긴 걸까.

마음이 너무 커져 잡으려 해도 저만치 달아나,
별처럼 멀어지고 있는 것만 같다.

내가 당신을 놓을 수 없는 이유는,
내 마음이 여전히 당신에게로 향해 있기 때문에.

어쩌자고 널 알아봤을까….

네가 없는 나를 상상할 수 없다.
내가 없는 너를 생각하기도 싫다.

14

하고 싶은 말이 너무 많으면,
반대로 아무 말도 안 하게 된다.

한참을 입안에 머금고 곱씹다 결국 뱉어버린 말은,
너에게 가 닿기도 전에 산산이 흩어져 버렸다.

그깟 사랑이라고 말하는 당신께,
고작 사랑이라고 말하는 당신께,
단지 사랑이라고 말하던 내가,
사랑이 아니라는 당신께.

허공에 떠다니는 말들과,
흘러가는 말들을 붙잡아,
내가 쓰고 네가 읽는다.

시간이 흐르고 계절을 넘겨도,
내 생각의 끝엔 항상 네가 있었다.
네가 부르고 내가 들었다.

나는 너를 볼 수 있지만, 아직 너는 나를 보지 못한다.

15

너는
시선을 잡아끄는 것이 아니라,
시선을 붙잡아 두는 묘한 매력이 있다.

일말의 가능성이라도 있다면,
지푸라기라도 잡고 싶은 심정이다.
흔치 않게 찾아오는 이 감정을,
그만큼 간절하게 지켜내고 싶었다.

세련되고 자연스럽게 다가가고 싶은데,
우린 접점이 없으니까 자꾸 성급한 마음이 앞서
망칠까 두려웠다.

네가 보여 준 작은 여지에도,
나는 나의 전부를 걸 수 있었다.
멈추지 않고 다가갈 수 있었다.

내가 이렇게나 단순한 놈이다.

16

나의 우울함이 네게 번지지 않길.
나의 예민함이 네게 상처 주지 않길.
나의 좋지 못한 습관에 네가 물들지 않길.
나의 상처와 아픔이 네게 가시처럼 다가가지 않길.

내가 좀 더 좋은 사람이 되어 네게 향기로 스며들길.
찰나를 함께 하더라도 영원으로 기억되길.

그렇게 서로의 색으로 물들어 지워지지 않길.

사랑하기 위해 살아가는 것처럼,
살아가기 위해 사랑이 필요하길.

내게 네가 필요한 것처럼,
네게도 내가 필요하길.

17

단 한 번의 입맞춤으로

모든 게 바뀔 수 있다는 걸.

나의 숨을 주고

너의 숨을 받다.

18

날 바라보던 그대의 눈빛을 기억합니다. 날 부르던 그대의 입술을 기억합니다. 날 안아주던 그대의 체온을, 마주 잡았던 그대의 손 마디 마디를, 사소하지만 사소하지 않았던 작은 습관들과 이루지 못했던 우리들의 약속을 여전히 기억하고 있습니다.

기억력이 좋은 사람은 인생이 고달픈 것 같습니다.
내가 그렇습니다. 여전히 잊지 못하는, 잊혀지지 않은 많은 것들이 내 안에 남아 있습니다.

우리에게 일어났던 일들과 아직 일어나지 않은 일들, 내가 아는 당신의 모습과 내가 알지 못하는 당신의 모습을 생각합니다. 지금 이곳에서 나는 당신을 떠올리고 있습니다. 마음처럼 되지 않는 마음을 과연 내 것이라 말할 수 있을까요? 아니면 내 마음의 주인은 여전히 당신인 걸까요?

무언가를 시작하기엔 너무 늦어 버린 밤,
잠이 들기엔 달빛이 너무 밝았습니다.

19

그의 세계는 나와는 달랐다.
그의 세계엔 아름다운 슬픔이 묻어 있었다.
난 그런 그의 세계를 동경했고, 그의 일부가 되는 상상
을 자주 했다. 그의 아름다움으로 남고 싶었고, 슬픔으
로 기억되고 싶었다.

시간이 흘러 아주 오랜 시간이 흐르고 흘러도,
당신의 목소리를 듣는다면 난 지금의 나를 기억하겠지
요. 그리고 지금의 우리도 기억할 거예요.

당신도 가끔은 내 생각을 할까요?

더 이상 외롭지 않게 되는 어느 날이 오면,
내가 널 찾으러 갈게.

20

우리가 처음 만난 날을 기억합니다.

여름이 가고 겨울이 오기 전, 낮과 밤이 모두를 신경 써 주듯 그런 좋은 날이었죠. 씩씩하게 걸어 들어오는 당신을 난 그저 멍하니 바라만 보고 있었습니다.

당신을 처음 본 순간, 난 이제부터 내 삶을 쥐고 흔드는 건 저 사람뿐일 거라는 강한 확신이 들었습니다. 우리가 이 시간, 이 공간에 함께 있다는 것이, 내가 당신과 숨을 나눠 가질 수 있다는 것이 감격스러웠습니다. 시간이 더디 흐르길 바랐고, 이 순간을 손목에 질끈 묶어 통째로 간직하고만 싶었습니다. 당신이 나를 알아봐 주길, 당신도 나와 같은 맘이길 또 간절히 원했습니다.

내가 태어난 이유를 곰곰이 생각해 봤습니다. 원해서 태어난 것은 아니지만, 세상에 태어나길 잘했다는 생각을 처음으로 해봤습니다.

첫눈에 반한 상대는 전생에 원수였다던데,
우리 이생엔 조금 더 가까워지길 바랍니다.

당신과 꽤 근사한 사랑을 하고 싶습니다.

21

조금 이르게 먼저 와 당신을 기다리는 시간이 지금도 내겐 행복입니다. 예쁘게 단장을 하는 당신의 모습을 상상하는 것도, 오늘도 우리가 함께일 수 있다는 것도, 우리의 하루가 우리로 끝날 수 있다는 것 또한 내게는 행복입니다.

이런 생각들로 마음이 부풀어 오는데 멀리서 걸어오는 당신을 보자마자 "이 순간을 위해 살아왔구나"란 겁이 없는 생각을 해 봅니다.

아직은 변하지 않은 것들과,
여전히 변하지 않을 것들 속에서,
나는 오늘도 꿈 같은 하루를 당신과 걷고 있습니다.

흘러가는 하루 끝에 당신이 곁에 있다는 게,
이처럼 다행스러운 나날들이 나의 하루라는 게.

마주 잡은 두 손에 따뜻한 온기가 사라지지 않길,
서로의 삶에 뒤섞여 풀어지지 않는 우리가 되길.

22

줄 곳이 마땅치 않아,

그대에게 준 것은 아니었습니다.

마음.

23

넌 나의 이상인 걸까.
나의 현실이 될 순 없을까.
내 손에 잡히지 않는 바람처럼,
그렇게 나를 스치고 지나가 버린 걸까.

네게 닿을 순 없을까.
그리하여 내게 머물 순 없는 걸까.
도대체 무엇이건대, 이토록 마음이 먹먹해지는 걸까.

바라볼 수도 그렇다고 아니 볼 수도,
기억할 수도 그렇다고 잊어버릴 수도,
품에 안을 수도 그렇다고 손을 놓을 수도,
가까이 다가갈 수도 그렇다고 멀어질 수도 없는,

너는 나한테 그래.

24

밤은 생각보다 길고,
너는 생각보다 멀다.

사랑하고자 살아간다.
살기 위해 사랑을 한다.

너를 사랑하는 것,
그리고 너를 기억하는 것.

또한, 다 내가 살고자 하는 일이다.

25

왜 내 손이 닿지도 않는 거리에서
내 마음을 어루만져 주는데,
그래서 아주 많이 고맙고 아주 조금 미워.

거리의 이름 모를 꽃들과,
너의 머리칼을 스치는 바람과,
하늘에 떠있는 구름과 낮의 해와 밤의 달과 별들까지도,
네가 보고 느끼는 모든 것들이 나 네 편이 되길.
그리고 그중 내가 가장 든든한 너의 편이길.

이 세상,
네가 찍은 작은 발자국 구석 끄트머리에
아주 조금이라도 내가 묻어 있다면 참 좋겠다잉.

26

그녀는 자존심이 세다.
고집도 세다.
그녀는 쉽게 곁을 주지 않는다.
그녀는 삶에 대한 고민이 많다.
그녀는 조언에 귀를 기울이지만,
결국엔 자기 뜻대로 한다.
그녀는 짧은 머리를 좋아하지만,
어쩔 수 없이 기르고 있다.
그녀는 언젠가 삭발을 꿈꾼다.
그녀는 춤추는 걸 좋아한다.
그녀는 고기보단 해산물을 좋아한다.
그녀는 고양이 집사다.
그녀는 웃음이 많다.
그녀는 울보이기도 하다.
그녀는 이따금 슬퍼진다.

그리고 그녀는 내가 콜라를 싫어하는 줄 안다.

잘 모르는 줄 알았는데 꽤 많이 알고 있네, 나.

27

당신은 상처가 많은 사람이었다.
상처가 스스로 자생하듯 또 다른 상처를 만들어 내고,
옅은 바람에도 살갗이 베일 듯 여리고 여려 늘 상처투
성이였다.

당신은 상처가 잘 아물지 않는 사람이었다.
당신의 작은 상처에도 나는 안절부절 못하고, 행여 덧이
라도 날까, 연신 연고를 바르고 입으로 불며, 하루빨리
당신의 상처가 아물기를 바랐다.

이미 많은 상처를 몸 여기저기에 지니고 있던 탓에 흉
터 쯤은 대수롭지 않게 여기던 당신이었기에 내가 유난
을 편다 생각했을지도 모를 일이다.

그럼에도 나는 당신의 상처가 깨끗이 아물길 바랐다.
당신의 가장 아픈 상처를 아프지 않게 어루만지고 싶었
다. 당신이 상처에 익숙해지지 않길 바랐다.

내게 마음을 어루만지는 지혜가 있다면, 난 그걸 당신에
게 쓰고 싶었다.

28

목적 없이 취하고, 방안을 온통 담배 연기로 뒤덮는다. 침대 모서리에 걸터앉거나, 소파에 비스듬히 기대어, 거울 속의 나를 바라보다 이내 다시 담배에 불을 붙인다. 환한 게 싫어 대신 켜놓은 두 대의 스탠드, 희미하게 빛나는 보라색 조명, 그리고 스피커에서 흘러나오는 우울한 사랑 노래.

책임지지 않아도 되는 삶의 연속이 홀가분하면서도 가끔씩 커지는 외로움에 곧 잡아 먹힐 것만 같다. 외로움의 크기가 너무 커져 버리면, 다시 취하고 이제는 멀어진 누군갈 기다리다 이내 돌아서 버린다.

어느덧 친해진 밤과의 거리가 멀어질 때쯤, 잠에 빠져들고 일어나면 모든 게 변해 있는 꿈을 꾸곤 한다.

네가 잠이 든 순간에도 나는 너를 꿈꾼다.

29

술 한잔했어,

취하진 않았어.

사랑해.

30

나의 고백이
나만의 독백이 되지 않길.

흔하지 않은 진심이
전하지 못한 진심이 되지 않길.

31

넌 날 숨 쉬게 해.
내가 좀 더 좋은 사람이 되고 싶게 하고,
내 안의 소리에 귀 기울이게 해.
나의 나쁜 버릇들이 나오지 못하게 하고,
날 안정적으로 만들어.
나의 감정을 쥐락펴락하지만 그게 싫지만은 않아.
아침에 눈을 뜨는 이유이기도 하고,
밤에 눈을 감는 이유이기도 해.
내 걸음걸음이 너를 향했으면 좋겠어.
내가 태어난 이유를 이제 조금은 알 것 같아.
내 삶 구석구석 너의 향기로 가득했으면 좋겠어.
내가 내일 당장 죽는다면 그건 너의 손으로 했으면 해.
그리고 난 너의 손에서 다시 태어날 거야.

그저 내 이름 하나만 지어줘,
너에게 불릴 내 이름 하나.

난 그거면 돼.

32

따사로운 눈빛 한 번.

어쩌면 당연한 게 아닐까,
난 네게 한 번도 닿은 적이 없으니,
넌 내게 한 번도 스친 적이 없으니,
네가 나를 그런 눈빛으로 바라보는 게
어쩌면 당연한 게 아닐까.

언제쯤이면,
당신이 나를 궁금해할까요.
아니 그런 날이 오긴 올까요.

감은 눈을 떠 나를 바라봐줘.
여기 내가 있잖아, 나를 알아봐 줘.

33

잠든 네게로 다가가 살며시 입을 맞춘다.
잠에서 깰까 조심스런 나의 입맞춤은 혹여 네가 꿈에서
길을 잃을까 걱정하는 나의 마음과 너의 밤이 안녕하길
바라는 나의 기도를 담은 짧은 편지였다.

사랑도 마음도 같은 길에 있다.
모든 것은 사랑을 향해 있다.
너를 가리키고 있다.

끝이 존재하지 않는 사랑이 있나 없나를
한참 동안 생각했다.

이제야 내 손에 잡혔네요, 그대.

네, 좋은 꿈 꾸세요.

34

무엇으로도 채워지지 않는 공허함 만이 가득했는데,
널 만난 후론 무언가 가득 차 버린 느낌이야.

네가 존재함으로,
네가 내 곁에 있으므로,
내가 나로 온전해지는 느낌.
내 안의 빈 곳이 빈틈없이 채워지는 그런 느낌이야.

오래오래 곁에 있을게,
오래오래 곁에 있어 줘.

35

나의 정답은 당신이니까 당신은 옳다.
내가 틀릴지언정 당신은 언제나 옳다.

널 닮아가고 싶다.
너의 사소한 습관들을 내게 새겨 넣고 싶다.

한 사람의 전부가 되는 것,
그렇게 너의 전부가 되고 싶다.

오늘 밤,
너에게 안겨 잠들고 싶다.

36

고요했지만 소란스러웠던 어느 밤,
부는 바람이 머물지 못한 까닭에
거리엔 길 잃은 영혼들이 많아진다.

강아지 같은 그녀는 두 마리의 고양이를 키운다.
언제나 큰 하트를 귀에 달고 있는 그녀는 사랑을 찾은
걸까, 사랑을 찾고 있는 걸까, 그도 아니면 사랑을 기다
리고 있는 걸까.

비워질 때까지 쏟아내도 금세 차올라,
나는 언제나 너로 빈틈없이 빼곡하다.

너는 소나기처럼 다가와, 폭풍 가운데 나를 세워놓고,
폭설을 퍼붓고는 바람처럼 사라졌다. 또다시 예고도 없
이, 흔적도 없이 사라져 버릴까 겁이 난다.

그대를 멀리하는 건 나에겐 아주 위험한 일이다.
그건 아주 곤란한 일이다.

잠이 든다고 너의 생각을 잠시 꺼놓을 수 있을 거란 나

의 오만과 착각.

무의식이 의식을 지배하는 순간에도, 나는 너를 생각한다.

"상사병으로 죽을 수도 있겠구나"라는 생각을 했다.

너무 좋아해서 속앓이가 심한 어느 밤,

나는 당신의 것이니, 찾아가세요.

37

단어가 주는 무게감.

단어가 주는 책임감.

단어가 주는 안도감.

이를테면

당 신 을 사 랑 하 고 있 습 니 다.

같은 거.

38

사랑을 갈망하던 그 사람의 눈빛이 안쓰러워 사랑을
건네는 척을 했지.

지금 너의 눈에도 내가 이렇게 애처롭게 보일까?

순간의 감정일 거라 단정하지 말아줘.
영원일 지도 모를 일이잖아.
모든 순간 그 시작이 있듯,
그 끝이 짧을 거라 말하지 말아줘.

날 안아줘.
날 구해줘.
이 삶에서 날 꺼내줘.
내가 가야 할 방향으로 날 인도해줘.
너의 손으로 날 구원해줘.
날 놓지 말아줘.

너의 천국으로 날 데려가 줘.
날 잊지 말아줘.

39

한 편의 영화를 여러 번 보는 걸 좋아하고, 추억을 회상하게 만드는 노래를 좋아합니다. 다림질하지 않은 구겨진 셔츠를 좋아하고, 낯선 곳을 걷는 것을, 귀여운 것과 아름다운 것을 눈에 담는 걸 좋아합니다. 낮보단 밤을 여름보단 겨울을, 밥보단 술을 좋아합니다. 비 오는 날 창밖을 바라보는 걸 좋아하고, 환한 것보단 희미하게 어두운 걸 좋아합니다. 어떤 숫자를 좋아하고, 공룡과 고양이를 좋아합니다. 기분이 좋을 땐 무의식중에 콧노래를 부르기도 합니다. 당신이 좋아하는 모든 것들을 나도 좋아합니다.

적응하지 못한 채 빠르게 변화하는 것을 싫어하고, 날카로운 형태의 그것들을 싫어합니다. 내가 정해 놓은 경계선을 넘어오는 곳을 싫어하고, 내 공간에 타인이 들어오는 것을 싫어합니다. 시끄럽고 사람 많은 곳을 싫어하고, 내 몸에 닿는 타인의 손길을 싫어합니다. 돈 낭비보다는 시간 낭비를, 구구절절하고 예의 없는 것을 싫어합니다. 그리고 당신이 싫어하는 모든 것들을 나도 따라서 싫어합니다.

당신을 좋아하게 된 후로 나도 모르게 당신을 따라 하는 버릇이 생겼습니다. 당신의 말투나 사소한 버릇 그리고 취향까지 서서히 물들어가고 있습니다. 내 신경이 온통 당신에게로 향해 있어 무엇 하나 놓치지 않고, 당신을 곧잘 따라 하고 있습니다. 곧 세상에서 내가 지워져 당신과 당신을 닮은 나만 존재할 것만 같습니다. 사랑하면 닮아간다는 말이 그래서 생겨났는지도 모릅니다.

날 닮은 당신이 아닌,
당신을 닮아가는 나를 사랑할 수 있습니까?

내가 찾던 마지막 퍼즐 한 조각이 꼭 당신인 것만 같습니다.

40

서로의 체온을 느끼고 떨림을 전하는 일.
입술이 아닌 심장끼리 입을 맞추는 일.
서로가 하나로 포개어지는 일.
다시 떨어지기 아쉬운 일.

포옹.

41

아련한 손 인사와 함께,
나의 눈에서 멀어져간 그녀는
이내 나의 마음에 자리를 잡았습니다.

볼 수도 만질 수도 없지만,
나는 당신을 느낄 수 있습니다.

나의 가장 깊은 곳 안에,
그대가 살아 있음을 나는 알 수 있습니다.

나는 당신의 가장 젊고, 맑았던 모습을
기억하고 있습니다.

나는 당신의 청춘을 기억합니다.

42

밤이 깊어 갑니다.
따라 내 마음도 깊어 갑니다.
고요한 시간에 고요히 당신을 떠올리고 있습니다.

그날의 우리,
당신의 숨결과 목소리,
당신의 눈빛이 여전히 날 멈추게 만듭니다.

당신이 생각날 때마다
이렇게 글로써 내 마음을 대신하고 있습니다.
이것은 어쩌면 단순한 문장이 아니라,
나일지도 모른다는 생각을 하기도 합니다.

사랑이라 믿었던 것들이,
사랑이 아니라 믿었던 것들이,
모두 사랑이 되어 나에게 쏟아지고 있습니다.

고요하고 적막한 이 시간에, 나는 지금 이곳에서
사랑으로 가득 차 있습니다.
이 기분이 낯설기도 때론 벅차기도 합니다.

나의 밤이 깊어 갈수록,
나의 마음 또한 깊어지고 있음을 느낍니다.

당신을 좋아하고 있습니다.
지금 이곳에서 나는 당신께 사랑을 보내고 있습니다.

이런 나를 이해할 수 있나요?

그럼 당신의 밤 또한 아름답게 지나가길 바랍니다.

내가 사랑하는 당신께,
당신의 사랑을 바라는 내가.

43

마음이 분명하니,
태도가 분명하다.

눈빛은 확신에 차 있고,
입술엔 거짓을 담지 않는다.

안녕, 나의 꽃

44

잃었다.

나의 반쪽이라 불렸지만,

내 전부였던 사람.

45

나는 늘 네가 불안했어.
가득 담긴 커피잔을 드는 손길도,
슬리퍼를 신고 텀벙텀벙 뛰는 걸음도,
불안해서 한 시도 눈을 뗄 수가 없었어.

근데 네 마음은 한 번도 날 불안하게 만든 적이 없었지.

어렵게 잡은 손을 너무 쉽게 놓아 버린 것만 같아.

무엇도 바라지 않았고,
무엇도 되려 하지 않았던,
그날의 우리를 기억해.

아직 채 다 피우지 못한 꽃이라,
아직 채 다 채워지지 않은 달이라.

잠시 스친 기억이 오래고 여운으로 남아,
후회는 언제나 느리고, 추억은 언제나 무겁다.

46

그리운 사람,
그리운 기억들,
이제는 내 것이 아니어서 더욱 그리운 것들.

스치는 바람에도,
하염없이 내리는 비에도,
짙은 그리움이 묻어나 나를 어지럽힌다.

선명하지 않았으면 하는 것들은
대부분 내게 선명히 남아 있고,
오래도록 간직하고 싶은 것들은
점차 흐려져 기억 속에서 잊혀진다.

지나갈 사람이 지나가지 않고 머문 탓이고,
떠나갈 사람이 떠나가지 않고 머문 탓이다.

놓아야 할 사람이 놓지 못하고,
떠나보내야 할 사람이 떠나보내지 못한 탓이다.

47

나의 밤이 홀로 외로워,
너의 밤이 외롭지 않았다.

해가 져야 밤이 오는 것처럼,
내가 가라앉아야 그대가 떠 오른다.

보내고 보내도 다시 돌아오는 이 밤을,
비워내고 비워내도 다시 차오르는 이 밤을,
밤이 오지 않길 바라면서, 나는 또 밤을 기다린다.

밤눈이 어두운 내가 어둠이 드리워도 용케 너 하나는
잘 찾았다. 괜찮다는 말로 나를 다독이기엔 밤은 너무
어두웠고, 새벽은 무척이나 길었고, 너는 여전히 짙었다.

생각을 많이 한다고 생각이 깊어지는 건 아니지만,
네 생각을 많이 할수록 너는 더 짙어져 간다.

나는 자주 당신의 이름을 헷갈리곤 했지만,
내 마음이 헷갈린 적은 단 한 번도 없었다.

48

널 붙잡는 게 사랑일까,

널 놓아주는 게 사랑일까,

그땐

널 놓아주는 게 사랑이었다.

그때엔 그 선택이 옳았다.

그땐 그랬다.

49

한 사람의 생각이 어쩜 이리 빼곡할 수 있는지,
당신의 생각이 어쩜 이리 오래 지속될 수 있는지.

대부분 짙었다가 가끔은 옅었다가,
몸이 아닌 마음에 밴 너의 향은 끝내 사라질 줄 모르고.

놓치지 않으려 애를 쓰고, 잊지 않으려 기를 써봐도,
결국은 부서지는 파도처럼 거품이 되어버린 마음들.

지워질 흔적들을 정말로 지워내기 위해
우리는 얼마나 많은 노력을 했나.

결코 가볍지 않은 마음이라 날아오르지 못해,
너에게 가 닿지 못하는 걸까.
결코, 가벼운 마음들이 너에게 닿지 않기를.

오늘의 나는 너를 사랑하고,
내일의 나는 너를 놓는다.

50

하나면서 둘이었다.
둘이면서 하나였다.
줄곧 그래왔다.

우린

하나면서 둘이었고,
둘이면서 하나였다.

우리는 우리의 시간을 사는 동시에
각자의 시간에도 살았다.

각자의 시간을 잘 살아내지 못해서
우리의 시간은 아팠다.

줄곧 그래왔다.

51

사탕을 물고 있는 듯한 너의 볼록한 볼살을 나는 좋아
했었지. 어떠한 색도 입혀지지 않은 너의 손톱과 놀랄
때 입을 가리던 모습, 그리고 조곤조곤 차분한 말투와
먹을 때 유난히 오물거리던 너의 입술을 나는 사랑했었
지. 통화의 마지막에 보내주던 손 키스가 그립고 목걸이
를 입에 물고 있는 사소한 습관과 부츠를 포기 못 한다
던 투정이 그리워.

난 아직 너의 향수 냄새가 다른 사람에게 날 때면 묘한
이질감이 들어. 흔한 향수일 뿐인데 나도 이젠 너에게
그런 흔한 사람이 되었을까?

그날 이후 난 사랑이란 걸 하고 있지 않아.
아직 끝이 아닌 것 같아서.
혼자만의 착각이라도 좋아,
내가 그러고 싶은 거니까.
아직도 그립고 여전히 생각해.

때론 귀엽고 자주 아름다웠지만, 멋있다는 말이 어울리
던 사람아.

52

흘러내린 앞머리가 눈에 거슬려 잘라 버릴까 생각도 해
봤지만, 바람이 불 때면 흩날리는 머리칼의 느낌이 좋아
그냥 두기로 했다.

이젠 머리가 제법 많이 길었다.
지나온 밤의 시간 만큼이나 길었다.

꼭 밤의 색을 닮은 검은 머리칼은,
너의 생각이 넘쳐흘러서 생긴 자국들 같다.

53

시간 위로 겹겹이 쌓인 기억들이 빛이 바랜다면, 너는
아마도 지금쯤 나에겐 기억나지 않는 사람이 되었으리
라. 시간은 너의 기억만 애정하듯 너를 피해 지나갔고,
그 때문에 나는 아직도 네가 생생하다.

누군가에겐 서서히 잊혀져 갈 기억,
또 다른 누군가에겐 어제 일처럼 생생한 기억들.

지우려 해도 지우려 할수록 더욱 선명해지는,
잊으려 해도 잊으려 할수록 더욱 깊게 베이는 너의 조
각들.

축복이라 말하기엔 내가 너무 아프고,
불행이라 말하기엔 나를 살게 하는 것들이라
너를 정확히 무엇으로 불러야 할지 나는 아직 모르겠다.

54

밤에만 널 생각한 건 아니었으니,
밤에만 네가 그리운 건 아니었으니,

매 순간이 너였다.
내 모든 걸음은 항상 너를 향해 있었다.

숨 쉬는 법을 배우지 않아도 숨을 쉬는 것처럼, 내가 너
를 사랑하는 것 또한 지극히 당연한 일이었다. 내 안에
끝없이 번져가는 너란 존재를 마치 정해진 것처럼 처음
부터 사랑하고 있었다.

너무 좋아서 하나도 빠짐없이 망가트리고 싶다가도, 어
느 날은 네 손에 죽어버렸으면 좋겠다는 겁이 없는 생
각을 하기도 했다.

홀로 견뎌야 했던 외로운 밤 들은,
너에게로 가기 위한 나의 발걸음이었다.

간절하단 말이 모자라도록 간절했으니까,
하루를 일 년처럼 순간을 영원처럼 널 기다리고 있었다.

55

사랑이 사랑으로 하여금 사랑을 그만 놓아달라 말했고,
마지막이 마지막인 줄도 모른 채, 마지막이 되어버렸다.

사랑이 지나간 후에야 사랑이었다 깨달은 적이 있다.
나를 지나쳤던 잊혀진 단어들은 대부분 애틋한 것들이었
다.

"우리의 이별은 우리의 잘못이 아니야,
우리의 만남이 우리 탓이 아니듯."

참 듣기 좋은 말이지만, 마음은 쓰다.
깊어지기엔 우리의 시간이 짧았다.

56

시간이 흘러 흐르고 흘러,
기억이 바랠 때쯤이면, 나를 꺼내 읽으셔요.

내 맘 여기 고이 두고 떠나니,
그대 나를 잊을 때쯤이면, 나를 꺼내 읽으셔요.

추억은 낡아지고 기억은 희미해진대도,
나의 마음은 무사하니 부디 나를 잊지 마셔요.

물망초.

57

할 것도,
해야 할 것도,
하고 싶은 것도 없는,
무기력함이 꽤 오래 지속된 상태.

벗어나는 게 쉽지가 않다.
우울할 거리를 찾아 기웃거리는 것도,
술, 담배에 점점 찌들어 가는 것도,
해로운 걸 끊어내기도 쉽지가 않다.
뭐 하나 쉬운 게 없다.

나를 서서히 갉아 먹는다.
몸과 마음이 방전된 것만 같다.

나태하게 살고 싶었으나, 무기력하게 살고 싶진 않았다.

58

술을 몇 병 사 들고 집으로 향한다.
밤을 기다릴 준비를 끝내고 나는 밤을 기다린다.

헛헛한 생각들로 새벽의 시간을 갉아먹다 보면, 끝 모를
사념들이 꼬리에 꼬리를 물고 나를 더 깊은 어둠 속으
로 끌어내린다.

이윽고 아침이 밝아오면, 무거워진 마음만큼이나 무거워
진 눈꺼풀이 나를 달래듯, 깊은 잠에 허덕인다.

유난히 잠이 오지 않던 밤,
아니 졸리지만 잠에 들지 못한 그런 밤이 많아졌다.

낮과 밤의 경계가 점점 모호하다.

59

가을이 지나고 겨울이 오기 전,
이런 계절엔 가장 낯선 곳으로 떠나고 싶어진다.
익숙해져 버린 것들과 잠시 멀어져 낯선 풍경, 낯선 공
기, 낯선 숨결, 낯선 생각들로 나를 채우고 싶어진다.

낯선 곳으로 떠나 깊은 잠에 빠져,
낯선 사람으로 눈을 뜨고 싶다.

지켜야 할 것도,
지켜내고 싶은 것도,
더이상 이곳에 남아 있지 않다.
머무를 이유가 더는 없다.
미련 없이 떠날 수 있을 것만 같다.
그래서 자유롭고, 그래서 조금은 외롭다.

누구에게나 다정하고 싶진 않다.

다정을 찾아, 지금 가장 낯선 곳으로 떠날 준비를 한다.

60

잠자리에 들어 이불을 머리끝까지 덮었다.
눈을 감지 않아도 어두웠지만, 답답하지 않았다.

눈을 감았다.
이대로 영영 눈을 뜨지 못한다면,
깨어나지 못해 아침을 맞이할 수 없다면,
오늘이 내 생에 마지막 밤이라면.

또 쓸데없는 생각을 했다.

두려웠다.
그리고 동시에 안심이 됐다.

61

요즘 부쩍 꿈을 꾸는 일이 잦습니다.
보고 싶었던 사람과 그렇지 않은 사람, 그리웠던 사람과
기억 너머 잊힌 사람들이 자주 등장을 합니다. 누군가는
내게 말을 걸고, 또 누군가는 날 보며 무심히 지나쳐 갑
니다. 그 눈빛이 꼭 타인을 바라보듯 너무나 차가워서
슬쩍 놀라기도 합니다.

꿈에서 깨면 대부분 꿈을 잊는다는데, 눈을 뜨고 시간이
지나도 선명하게 남아 있는 나날들이 많아 무슨 의미가
있는 건 아닌지, 괜스레 마음을 뒤적여 보기도 합니다.

내가 나에게 하고 싶은 말이 많은 걸까요?
아니면 내가 피하고 싶은 무언가가 있는 걸까요?

하루가 별일 없이 지나가고 있지만,
무언갈 놓치고 있다는 기분이 자주 듭니다.
잘 가고 있는 걸까, 잘 가고 있는 거겠죠?

그럼 이르게 깨어버린 탓에 먼저 잠에 들겠습니다.

62

얼음은 깨지거나 녹는다.

결국, 둘 중 하나였다.

그리곤 사라진다, 흔적도 없이.

63

언제나처럼 잠은 오지 않습니다.
밖은 고요하나 내 안은 서서히 무언가로 인해 꽤 나 복
잡하고 시끄러워질 것입니다. 그래서 낮보다 밤을 좋아
하는지도 모릅니다.

어리석게도 스스로를 괴롭히는 이 시간을 꽤 나 즐깁니
다. 허공에 떠오른 생각들을 붙잡아 크게 부풀리기도 하
고, 기억 한편에 넣어 두었던 옛일들을 꺼내어 쓸모없지
만 쓸데없는 생각들을 종종 하기도 합니다.

기억이 망각하여 모든 기억이 아름답게 변하는 것을 경
계하다가도, 또 그때가 그리워 그 시절의 활자들을 찾아
보는 일도 아주 가끔 합니다.

이렇게 밤을 보내다 언제 잠든 지도 모른 채 깨어나면
마음이랄까, 생각이랄까 아무튼 그런 것들이 차분해져
있음을 느낍니다.

요즘엔 내가 그냥 빈껍데기처럼 느껴지는 일이 잦습니
다. 알맹이가 빠진 채 공허라는 단어보단 그냥 "비어 있

다"라는 말이 더 어울리는 것 같습니다.
나는 존재하지만 내가 없는 이상한 느낌이랄까.

나라는 사람은 어쩌면 나를 알고, 나를 느꼈던 사람들의
기억 속에 존재하는지도 모릅니다.

당신들의 기억 속에서 나는 아직 빛나고 있습니까?

나는 이곳에서 점점 빛을 잃어가고 있습니다.

64

잘 웃던 탓에 올라간 내 입꼬리를 좋아하던 너는, 이별을 예감이라도 하듯, 내 눈이 슬퍼 보인다고 종종 얘기하곤 했었다. 불안한 예감은 빗나가지 않고 결국 현실이 되어버렸다.

바람이 불어 갈대가 흔들린다.
그건 바람에 흔들린 갈대의 탓일까,
갈대에게 분 바람의 탓일까.

마치 우리 사이 아무 일 없었다는 듯,
날 바라보는 너의 차갑고 투명한 눈빛.

오늘 내가 흘린 눈물이 너에게로 돌아갈 때쯤이면,
그땐 너도 내 맘을 조금은 알 수 있겠지.

술이 달다, 오늘 내가 조금 썼거든.

65

당신 앞에서 펑펑 울기라도 했다면, 속이 조금은 시원했
겠지만 달라지는 건 없었겠지. 그래서 참았어. 너라도
조금은 편하게 가라고.

애쓴다고 달라질 거였으면 더 애썼겠지만, 그냥 흘러가
는 대로 놓아둔 거야, 잡을 수 없는 게 사람 마음이니
까.

가지 말라고 옷자락이라도 붙잡고 싶었지만,
하지 말라고 마음이 말리더라.

근데 그거 알아?
후회는 꼭 흘러가는 사람이 하더라.

네가 없다 한들 내 인생에 봄이 없을까?
봄은 언제든 다시 찾아들 테고,

단지 너 하나만 내게 없겠지.

66

자다 깨기를 반복했던 어느 새벽.
무슨 의미를 부여하고 싶은 건지,
너의 걱정부터 앞섰다.

무언가에 놀란 듯 자다 깨면, 다시 잠에 들기가 힘들다.
혹시 너한테 무슨 일이라도 생긴 건 아닌지, 잘 맞는 내
촉이 맞지 않길 바랄 뿐이었다.

아무 일 없는 듯 멀쩡히 지내다가도 아주 가끔, 가끔씩
이렇게 아무것도 못 하는 바보가 된다.

수많은 밤을 새우며
수 없이 보낸 마음들이
하나, 둘 돌아오고 있다.

묻고 싶었다.

너는 그래서 지금 행복하냐고,
정확하게 행복하냐고 묻고 싶었다.

67

거짓 없는 거짓 속에서
진실 없는 진실 속에서

나는 너에게 거짓을 건네고,
너는 나에게 진실을 건넨다.

너와 나 우리 둘 중,
누가 더 나쁜 걸까.

거짓과 진실.

분명 우리 둘 중 누군가는
거짓말을 하고 있는 게 틀림없다.

68

설마 변하지 않는 사랑이 있다고 믿는 거예요?

꿈 깨요.

없어요, 그런 거.

우리의 감정이 그러하듯,
우리의 젊음이 그러하듯,
모든 건 변하고 퇴색하기 마련이에요.
흘러가는 시간 앞에 영원한 건 없어요.
슬프게도 이게 진실인걸요.

당신의 눈빛에 내 마음이 덜컥 내려앉고, 당신의 말 한
마디에 내 하루가 온종일 흔들릴 때도 있었지. 하지만
지금 너에겐 그럴 만한 힘이 없다.

지금 나에게 너의 말은 힘이 없다.

69

오늘 먹은 거라곤,
커피 두 잔과 빵 몇 조각.
그럼에도 배는 고프지 않았다.

스위치를 껐다 켜듯, 잘 자고 잘 일어나고 싶다. 예고
없이 찾아오는 불면증은 반갑지 않고, 덜 깬 상태로 침
대 밖을 나가는 것도 여간 힘든 게 아니다.

원하는 것과 없어도 되는 것.
알고 싶은 것과 몰라도 되는 것.
사랑하는 것과 사랑하지 않는 것들.
그리고 느껴지는 것과 느끼고 싶은 것.
내가 세상을 바라보는 눈과 감아 버린 눈.
때때로 찾지 않아도 결국엔 내 것이 되는 것들.

오늘 할 일은 불안한 상상력으로 불편해지지 않기.

내 삶을 채워 준 그대가 고맙다,
그리고 이렇게 비워줘서 고맙다.

70

처음과 끝
추억의 시발점과 기억의 끝자락
올라가던 입꼬리와 일그러진 미간
던져진 반지와 구겨진 사진들
시간의 상처와 몸의 기억들
담담한 마음과 공허한 빈자리
비워낸 술잔과 낯선 향수 냄새
정돈된 방과 어질러진 마음
그리고 쌓여가는 마음의 먼지들.
의지할 수 없게 된 홀로서기
고정되지 못한 시선과 일렁이는 숨소리
겹치지 못한 손과 자라난 수염들.
목적지가 없는 발걸음 그리고 끝나지 않은 산책.

시간에 바래질 마음이라면 시간이 약이 되겠지,
시간에 지지 않을 마음이라면 시간은 독이 될 테고.

시간은 나에게 약이 될까, 아니면 독이 될까.

71

싫다, 좋다가 아니다.
있다, 없다가 맞다.
나에게 너는.

다들 봄에 피는 벚꽃을 기억하지만,
나는 봄에 지는 매화를 기억한다.

너는 우리의 찬란했던 시작을 기억해라,
나는 우리의 처절했던 이별을 기억할 테니.

너의 생이 오래도록 빛나길 바란다.
나 또한 너 없이 빛을 발하려 발악할 것이다.
지지 않을 것이다, 무너지지 않을 것이다.

너의 비참한 과거가 되지는 않을 것이다.

72

너는
나의

봄이었고,
여름이었다가
가을이 되고,
끝내 겨울이었다.

나의 사계절은 전부 너였었다.

73

적막과 고요 가운데 이제는 익숙해진 이 밤이, 지금 너에겐 어떤 의미인지 나는 알지 못한다. 둘이서 함께 지샌 수많은 밤의 숫자만큼이나, 혼자서 버텨 온 내 밤의 숫자가 같아질 때쯤.

이제는 익숙해져 버린 이 밤을, 이렇게 무심히 흘려보내기까지, 딱 그만큼의 시간이 필요했던 거야. 이제 나도 조금은 편히 숨을 쉴 수 있다는 사실이 고맙기도 미안하기도 하다.

너를 천천히 지워갈 때쯤,
나를 서서히 되찾을 수 있었다.

이제 나의 외로움은 너와는 무관한 일이다.

74

무엇도 담을 수 없어 외로운 걸까,
무엇도 담겨 있지 않아 공허한 걸까.

가벼운 마음에 기생하여,
공허한 위로에 기댄다면.

오늘 밤

이 외로움이 사라질까,
이 그리움이 옅어질까.

75

그제서야,
시간이 많이 흘러 버린 후에야
놓쳐버린, 놓아버린, 잡지 않은 것들에 대한,
막연한 그리움과 이제는 어쩌지 못한다는 단념들.

이제서야,
그때는 그게 맞는 거라 믿었던
나의 착각 그리고 후회 속에서,

오늘도 그저 그런 숱한 밤들 중 하나,
셀 수 없이 지나왔던 숱한 밤들 중 하나,
셀 수 없이 지나가 버릴 그저 그런 밤들 중 하나.

사소하지만 사소하지 않았던 수많은 밤들이 나를 지나쳐
다른 곳으로 향하고 있다는 걸, 나는 차마 바라보지 못
하고 눈을 감아 버렸다.

76

누군가에겐 그토록 간절한 것이

누구에게는 이토록 흔할 수 있단 게,

누군가에겐 그토록 처절한 세상이

누구에게는 이토록 아름다운 세상이란 게.

나는 그대에게 쉽고, 그댄 나에게 어렵다.

모든 걸 어렵게 생각해서 모든 게 쉽지 않았다.

가끔 들러서 이렇게 흔적이라도 남기고 가요.

난 그 흔적으로 살아가 볼 테니.

77

사랑을 믿기엔 나이를 너무 많이 먹었고,

사랑을 포기하기엔 남은 생이 너무 길다.

나에게 사랑은 삶의 전부가 아니지만,

사랑 없는 삶은 생각하고 싶지도 않다.

78

그녀는 말이 없었다.
무거운 공기만이 우릴 감쌌고, 어색한 듯 커피잔만 양손
으로 매만질 뿐이었다. 이내 무언갈 결심한 듯 내뱉기까
지 꽤 나 오랜 침묵의 시간이 있었다. 그녀의 한마디 한
마디는 내 귀에 닿기도 전에 허공에서 사라질 뿐이었다.
그녀를 벼랑 끝으로 몰아붙인 건 온전히 나의 의지였다.
이 상황은 나에 의해, 내가 만들어 낸 불편한 자리였다.

가슴이 아프지 않았다. 그녀도 그걸 눈치챈 듯하다.
꽤 오래전 변해버린 감정 때문이라 생각했다. 절망하지
도 아파하지도 않았다. 밀린 숙제를 급하게 처리하듯,
어떠한 감정의 동요도 일어나지 않았다. 불편할 뿐이었
다. 단지 불편할 뿐이었다. 딱 그 정도였다.

그렇게 나의 사소한 사랑은 끝이 났다.
그렇게 또 하나의 우리가 세상에서 사라졌다.

슬픔은 깊지 않았고, 나는 이렇게나 이기적이었다.
그때의 나는 철 없고, 무모했고, 쓸데없이 용감했다.

79

낭만적이지가 않았다.

그게 나를 불편하게 했다.

지금 냉정해지지 않으면,

다음엔 잔인해져야 한다.

마음이 식어서가 아니라,

끝내 타오르지 않아서.

80

비가 옵니다.

하루 종일 비가 옵니다. 나는 이렇게 비가 오는 날을 좋아합니다. 내 마음엔 항상 비가 내리는 것만 같아, 이렇듯, 진짜로 비가 오는 날을 반기는지도 모르겠습니다. 나에게 내리는 비가 당신에게는 닿지 않길 바랍니다. 유난히 비가 잘 따르던 우리였지만, 당신은 나와는 달리 비가 오는 날을 싫어했으니까요. 그날 내 왼쪽 어깨가 젖었던 건 당신을 사랑했기 때문이었을까요?

비가 오는 날이면, 날 떠올려 달라 했던 말을 기억하고 있습니까? 당신은 약속대로 날 생각하고 있나요? 이런 날이면, 당신이 날 떠올리고 있을지도 모른다는 생각에 어쩌면 비가 오는 날을 좋아하는지도 모릅니다. 정말 그래서 인지도 모릅니다.

이처럼 비가 오면 날 기억해 달라 했던 말 때문에, 되레 내가 당신을 떠올리고 있습니다. 잊지 않고 있습니다.

잊지 못하고 있습니다.

81

비는 내리는 걸까? 오는 걸까?
비가 내린다고 말하니 꼭 비를 피해야 할 것만 같고, 비
가 온다고 말하니 비를 기다리고 있었던 것만 같다. 그
래서 비가 내린다는 말보다 비가 온다고 말하는 게 썩
마음에 든다. 나는 비 오는 풍경을 좋아한다. 특별한 이
유 없이 그냥 좋아한다.

오늘은 비가 온다. 내리지 않고, 하염없이 비가 온다.
빗소리가 점점 귀에 박혀 무언가를 말하는 듯하다.

지워져 가던 기억에 비가 내려 번진다. 흐릿해졌지만 더
커버린 기억 탓에 마음이 눅눅하게 젖어 버릴 것만 같
다. "오늘은 술을 마실까" 생각을 하다가, 널 앞에 앉혀
두고 술을 마시지 못하는 까닭에 그냥 참아보기로 한다.

오늘은 비가 온다.
그리고 멀리서 너도 온다.
비가 오면 어김없이 너도 따라오길래,

나는 비를 기다렸다.

82

카페에서 우연히 들려오는 아는 노래.
운전 중 창밖으로 보이는 낯익은 풍경.
눈길을 잡았던 영화 속 한 장면.
좋아했던 음식,
좋아했던 숫자,
좋아하던 색깔,
익숙했던 향기,
길가에 고양이들과 너와 같은 이름들.

굳이 피하려 한 건 아니지만,
그렇다고 들춰보려 했던 것도 아닌 순간들.

아직 나를 그때로 데려가는 것들이 너무나 많이 남아
있어. 새로운 것들로 덮어 버리려 해도 내 맘과는 다르
게 멈칫하는 순간이 여전히 많겠지만, 그럼에도 버티며
살아갈 수밖에.

다들 그렇게 살아가니까,
다들 그렇게 사는 거니까.

83

선과 악이 한 사람에게서 나오니,
그를 선하다고도 악하다고도 하지 못했다.
선과 악이 한사람에게서 나오니,
그를 바라볼 수도 그렇다고 아니, 볼 수도 없었다.
선과 악이 한 사람에게서 나오니,
그는 내게 삶이었고, 또한 죽음이었다.
선과 악이 한사람에게서 나오니,
나는 그의 선도 악도 사랑했다.

난 그렇게 너의 일부가 되고, 넌 그렇게 나의 전부가 된
다. 그는 나의 일상이었고, 난 그의 일탈이었다. 그의
말은 자주 쓰고, 때때로 달았다.
풀리지 않는 꼬인 실타래처럼 그렇게라도 네 삶에 엉켜
있고 싶었다. 그렇게라도. 칠흑 같은 어둠 속에서 나 너
를 비추는 달이 되고 싶었다. 수평선 너머 내 눈에 보이
는 건, 노을을 베어 먹은 빨간 작은 등대 하나.
이별에도 연습이 필요했다.

불완전한 세상에서, 불완전한 모습으로, 불완전하게 살
아가는 우리는 사랑이 절실히 필요했다.

84

모든 것이 무뎌졌다.
이제는 이별에 아파하지 않고,
다가오는 인연에 설레지 않으며,
사소하지만 사소하지 않은 것들에 연연하지 않는다.

마음이 바닥까지 가라앉아서,
다시는 떠오르지 않을 것만 같아,
문득 겁이 났다.

더 이상,
이곳엔
네가 담겨 있지 않다.

85

사랑도 변하고,
사람도 변해서,
나도 따라 변해버렸지.

싫어진 거 아니야,
흐려진 거야.

마음이.

86

바뀌어 버린 향수 냄새.
내가 모르는 새로 생긴 습관.
미묘하게 변해버린 날 보는 너의 눈빛.
같은 공간에 있지만 다른 세계를 사는 듯한 너.

아름답지만 마냥 아름답다고만 할 수 없는 것들,
여전히 아름다워서 날 슬프게 하는 것들.

흐르는 시간 속에 던져진 우리는,
그 무엇 하나 제대로 잡지 못한 채,
속절없이 허우적거렸지.
서로의 손만이라도 놓치지 않고 잡았더라면,
지금의 우리는 어떤 모습이었을까.

나에게 끝이 있다면, 그건 아마 너의 손끝에서 시작될
것이다.

마치며

단지 글로써 전하는 마음의 표현에는

한계가 있다는 생각을 해요.

그래도 오롯이 그대만 담았습니다.

Hello My Flower
안녕 나의 꽃

ⓒ홍정우 2024

초판 1쇄 발행 2024년 04월 30일

지은이   홍정우
전자우편   itsokbut@naver.com

발행처   인디펍
발행인   민승원
출판등록   2019년 01월 28일 제2019-8호
전자우편   cs@indiepub.kr
대표전화   070-8848-8004
팩스   0303-3444-7982
ISBN 979-11-6756539-6 (03810)